Markus Dehm   Imke Staats

Nosy

Karoline  Kinderbuch

Ganz allein im Winterwald

Als der kleine Fuchs aus dem Bau trat, war ihm kalt. Über Nacht war Schnee gefallen. Das war ungewöhnlich, denn die Bäume hatten ihre Blätter noch gar nicht verloren. Seine Mama hatte immer gesagt, es schneit erst dann, wenn die Bäume ganz kahl sind. Gestern waren die Bäume aber noch bunt gewesen, und nur wenige Blätter lagen auf der Erde. Das Füchslein war verwirrt und ängstlich. Wenn doch nur Mama und Papa hier wären. Und auch seine Geschwister vermisste es ganz schrecklich. Dabei hatte sich Nosy, so nannten ihn alle, schon im Sommer so sehr auf den Schnee gefreut, denn Mama und Papa hatten immer wieder vom schönen Winterwald erzählt. Jetzt aber hatte er Angst vor dem Winter und außerdem niemanden, mit dem er im Schnee herumtoben konnte. Worauf sollte er sich also freuen?

3

Aber schließlich war das alles seine eigene Schuld. Nicht umsonst hatten seine Eltern ihm den Namen Nosy gegeben. Sein Papa war lange Zeit mit einem Fuchs aus England durch die Wälder gestreift. Von ihm hatte er Englisch gelernt. Nosy war das englische Wort für „neugierig". Und neugierig war er – zu neugierig. Mama und Papa hatten immer wieder gesagt, er solle mit seinen Geschwistern im Bau bleiben, wenn sie auf Nahrungssuche gingen. Aber er hatte selten auf sie gehört und war immer wieder allein im Wald umhergestreift. Bis er einmal den Heimweg nicht mehr gefunden hatte.

Dies war nun schon einige Tage her. Stundenlang war er

umhergeirrt, hatte diesen und jenen
Weg ausprobiert, aber der richtige war nie
dabei gewesen. Irgendwann war er dann
auf diesen verlassenen Fuchsbau gestoßen,
der seitdem sein Zuhause war.

Noch immer stand er zitternd vor dem Bau und wusste
nicht so recht, was er tun sollte. Sein Hunger sagte ihm
allerdings, dass er sich zunächst einmal etwas zu essen
suchen musste. Also machte er sich auf den Weg.

Die Waldarbeiter

Die Gegend kannte er mittlerweile ganz gut. Er nahm den Weg vorbei an dieser Hütte, an der oft die Waldarbeiter zu sehen waren. Sie stand im Bergwald. Das wusste er, weil er oft im Gebüsch lag und den Gesprächen der Männer lauschte. Vieles von dem, was sie sagten, verstand er zwar nicht, denn es waren Dinge, die wohl nur Erwachsene verstehen. Manchmal aber sprachen sie von ihren Kindern, und das fand er sehr interessant. Auch seine Mama hatte ihm von den Menschenkindern erzählt. So hatte er erfahren, dass sie in den Kindergarten und später zur Schule gehen mussten, viele Aufgaben zu erledigen hatten und nicht den ganzen Tag spielen konnten wie die jungen Füchse. Er hatte deshalb nie ein Menschenkind sein wollen. Von den Männern aber hörte er, dass die Kinder

mit ihren Eltern ins Schwimmbad gingen und ganz
viele Spielsachen hatten. Er wusste zwar nicht genau,
was das war, aber es musste wohl etwas Schönes
sein und viel Spaß machen. So schlecht hatten es die
Menschenkinder dann also doch nicht.

Auf dem Weg zur Hütte hatte
er mittlerweile etwas zu
essen gefunden, und durch
die Bewegung war ihm
nicht mehr so kalt.
Schon von Weitem konnte
er die Stimmen der Männer
hören, die ihm inzwischen
recht vertraut waren. Doch
er musste vorsichtig sein,

denn sie durften ihn nicht bemerken.

Womöglich würden sie den Jägern Bescheid geben,

und vor nichts hatte er mehr Angst als vor den Jägern, denn

seine Eltern hatten ihn immer wieder vor ihnen gewarnt.

In sicherer Entfernung setzte er sich in den Schnee. Während der Arbeit sprachen die Männer nicht viel miteinander. Zudem waren die Maschinen sehr laut. Interessant waren die Pausen. Wenn die Waldarbeiter ihre Brote auspackten, lief Nosy das Wasser im Mund zusammen. Hin und wieder fiel ihnen auch ein Stück auf den Boden. Das holte er sich dann, wenn sie gegangen waren. Heute erzählten sie sich nicht viel Interessantes und Nosy wurde es schnell langweilig. Plötzlich aber, gerade als er dabei war einzuschlafen, sagte einer der Männer, dass er gestern beim Weißen Turm gearbeitet habe und dort einer ganzen Fuchsfamilie begegnet sei. Nosy war schlagartig hellwach. Eine Fuchsfamilie! Wenn das nun seine war? Er musste dorthin, er musste zu diesem Weißen Turm. Allerdings hatte er nicht die geringste Ahnung, wie er den finden sollte.

 Bertram

Nosy sah nur eine Möglichkeit — er musste Bertram fragen.
Bertram war ein Wildschwein, das er immer wieder traf und
das ihm schon oft geholfen hatte. Der Eber lebte bereits seit
vielen Jahren hier und kannte sich gut aus, vor allem aber
dort, wo es Landwirtschaft gab, denn auf den Feldern der
Bauern fand das Wildschwein sein Lieblingsessen. Nosy hoffte,
dass es in der Nähe des Weißen Turmes ebenfalls Felder gab,
auf denen Bertram sich schon zu schaffen gemacht hatte.
Das dicke Wildschwein war nicht schwer zu finden. Tagsüber
hielt es sich meist an derselben Stelle im Unterholz auf
und schlief. Bertram lebte alleine, was ungewöhnlich war
für ein Wildschwein, aber er war eben kein gewöhnlicher
Schwarzkittel. Bertram war ein Eigenbrötler. Zunächst
hatte Nosy Angst vor diesem großen schwarzen Kerl gehabt,

aber bald schon stellte er fest, dass er gutmütig war, und sie freundeten sich an. Mittlerweile sahen sie sich fast täglich, um Neuigkeiten auszutauschen. Bertram kannte viele gute Geschichten, und Nosy liebte Geschichten über alles. Die Geschichten seiner Eltern fehlten ihm sehr.

Das Wildschwein schlief tief und fest. Normalerweise hätte Nosy ihn nicht ohne Weiteres geweckt, aber heute war ihm das egal.

„Hallo Bertram, wach auf!" Das Schwein gab einen verschlafenen Grunzer von sich.

„Jetzt wach schon auf, du Schlafmütze!", rief Nosy ungeduldig.

„Was …? Wer …?"

Bertram blinzelte den Fuchs aus noch halb verschlossenen Augen an.

„Nosy? Was willst du denn um diese Tageszeit?", fragte er vorwurfsvoll.

„Ich brauche deine Hilfe, es ist dringend."

„Da bin ich aber gespannt, was so dringend sein kann, um mich mitten aus dem Schlaf zu reißen."

„Ich weiß, wo meine Familie ist!" Nosy konnte kaum an sich halten.

Der Eber war schlagartig wach.

„Was?", grunzte er. „Woher weißt du das denn?"

„Eigentlich weiß ich es nicht so richtig, aber die Waldarbeiter haben eine Fuchsfamilie gesehen, und vielleicht ist es ja meine."

„Und wo?"

„Beim Weißen Turm, haben sie gesagt. Weißt du vielleicht, wo das ist?"

„Hm …", antwortete der Schwarzkittel nachdenklich, „das weiß ich wohl …."

„Super!", schrie Nosy so laut, dass Bertram

vor Schreck zusammenzuckte.

„Nicht so wild, junger Freund", sagte er deshalb in
ruhigem Ton. „Wenn du willst, bringe ich dich hin."

„Natürlich will ich! Komm, lass uns gehen!"

Schlaftrunken richtete das Schwein sich auf. Sie marschierten

über mehrere Feldwege, bis sie in der Ferne Häuser sahen.

„Ist es weit von hier?", wollte Nosy wissen.

„Schon noch ein Stück", sagte Bertram.

Sie überquerten eine Straße, gingen an Wiesen entlang und verschwanden in einem dunklen Wald. Als sie auch diesen durchquert hatten, sahen sie wieder Häuser.

„Sind wir jetzt da?", fragte Nosy erwartungsvoll.

„Nein, noch nicht ganz", gab Bertram zur Antwort.

„Aber von hier ist es nicht mehr weit."

Sie spazierten erneut über eine Wiese und schnurstracks ins nächste daran anschließende Waldstück.

„So", sagte Bertram, „in diesem Wald steht der Weiße Turm. Nun kann die Suche beginnen."

Die beiden durchstreiften das ganze Gelände, kamen immer wieder an dem riesigen Turm vorbei, gingen in alle Himmelsrichtungen, ohne jedoch auch nur einen Fuchs zu wittern. Allmählich wurde es Nachmittag, und beide bekamen mächtigen Hunger.

„Wir müssen zurück", meinte Bertram.

„Nein, ich bleibe hier", protestierte Nosy.

„Red keinen Unsinn, Kleiner. Es wird bald dunkel, und wo willst du denn heute Nacht schlafen?"

„Ich finde schon einen Unterschlupf. Auf jeden Fall gehe ich nicht zurück, bevor ich meine Familie gefunden habe", erwiderte Nosy trotzig.

Bertram versuchte noch mehrmals den kleinen Fuchs zu überreden, aber schließlich gab er auf.

‚Ihm ist wirklich nicht zu helfen', dachte das Wildschwein und machte sich auf den Rückweg.

Der böse Kater

Nosy war wieder allein. Er hatte immer noch Hunger, aber das war jetzt nicht wichtig. Er hoffte so sehr seine Familie zu finden, dass ihm alles andere unbedeutend erschien.

Es begann zu dämmern. Die ersten Schreie der Nachtvögel waren schon zu hören, und überall raschelte und knackte es. Wo sollte er nur die Nacht verbringen? Er hatte Angst und ihm war kalt. Als er gerade so seinen Gedanken nachhing, tauchte plötzlich wie aus dem Nichts ein Ungetüm von einem Hirsch vor ihm auf und versperrte ihm den Weg.

„Na, Kleiner, wohin denn noch so spät?", fragte der Hirsch, und seine Stimme klang dabei irgendwie bedrohlich.

„Nach …, nach …, ich weiß nicht genau",
stammelte Nosy unsicher.

„So, weißt du nicht genau", sagte der Hirsch.
Dem kleinen Fuchs wurde immer unbehaglicher zumute.

„Hast dich wohl verlaufen?"

„Jjj-aa."

„Und wo sind deine Eltern?"

„Die habe ich verloren."

„So, verloren hast du die", sprach der
Hirsch und klang ungläubig.

„Weißt du, wohin ich komme, wenn ich
hier weitergehe?", fragte Nosy mutig.

„Nicht weit von hier steht ein großer Felsen. Dort
findest du vielleicht eine Behausung für die Nacht."

„Danke", rief Nosy und rannte im nächsten Moment
bereits an dem sonderbaren Hirsch vorbei. Dieser
sah ihm noch eine Weile nach und schüttelte dabei
immer wieder vor Verwunderung den Kopf.

Nosy lief so lange, bis er in der Ferne einen mächtigen
Felsbrocken sah. Das musste der Felsen sein, von dem

der Hirsch gesprochen hatte. Inzwischen war es dunkel
geworden. Nur die Sterne und der Mond spendeten
noch Licht. Er konnte fast nichts mehr sehen, aber
schließlich hatte er ja noch seine Nase und seine
Ohren, die ihm gute Dienste erwiesen. Nachdem er
einige Male um den Felsen herumgelaufen war, fand
er direkt an dessen Rand ein tiefes Loch, in das er sich

hineinlegte. Die Müdigkeit war mittlerweile größer als sein Hunger, und so schlief er auf der Stelle ein.

Erst das Morgengrauen schaffte es, ihn aus dem Schlaf zu reißen. Ihm war kalt und er zitterte. Über Nacht war wieder Schnee gefallen, sodass Nosys Pelz ganz weiß verschneit war. Jetzt aber brauchte er dringend etwas zu essen. Er schüttelte den Schnee ab und machte sich erst einmal auf die Suche nach einem geeigneten Frühstück. In einem Dorf läuteten die Glocken zur Sonntagsmesse. Von einem nahen Hügel aus konnte Nosy beobachten, wie die Menschen in Richtung Kirche gingen. Sie trugen viel schönere Kleider als die Waldarbeiter. Vielleicht lag das daran, dass man in die Kirche nicht mit schmutzigen

Kleidern gehen durfte. Er wäre jetzt auch gerne in so einer Kirche, denn dort war es bestimmt mollig warm.

Der kleine Fuchs war verzweifelt. Den ganzen Vormittag über hatte er nach seinen Eltern und Geschwistern Ausschau gehalten, ohne auch nur eine Spur zu finden. Wenigstens schien jetzt die Sonne. Ihm wurde allmählich wärmer, und der Schnee begann schon zu schmelzen.

Nosy lief jetzt nicht mehr die Waldwege entlang, denn er wusste, dass an Tagen, an denen die Menschen zur Kirche gingen, auch immer viele Spaziergänger unterwegs waren. Diese Tage nannte man Sonntage, und die Menschen gingen dann nicht zur Arbeit. Das hatte ihm seine Mutter gesagt. Also lief er mitten durch den Wald.

Ab und zu sah er ein Kaninchen, das er sonst sofort gejagt hätte, jetzt aber hatte er sogar dazu keine Lust.

Er ging einfach immer weiter, ohne
zu wissen wohin. Er wusste auch
den Weg zurück zu seinem Bau nicht
mehr. Er wusste gar nichts mehr.
Von Weitem hörte er Hunde bellen. Er
fürchtete sich vor Hunden, denn sie waren starke Tiere,
mit denen er nicht in Streit geraten wollte. Das Gebell kam
immer näher. Was sollte er tun? Zurückgehen wollte er
nicht. Wenn er aber weiterging, marschierte er geradewegs in
Richtung der Hunde. Er kam an eine Lichtung und konnte
nun erkennen, wo sie zu Hause waren. Vor ihm erstreckte sich
ein riesiger Bauernhof. Er war gerade dabei, seine nächsten
Schritte zu überlegen, als ihn plötzlich jemand ansprach.
„Was willst du hier?", fragte eine unfreundliche Stimme.
Nosy drehte sich erschrocken um. Neben ihm stand ein
ziemlich großer Kater, der sehr böse dreinblickte.

„Ich will …, ich mache …, ich gehe …, äh, ich gehe spazieren", antwortete der kleine Fuchs verlegen.

„So, spazieren gehst du?", entgegnete der Kater misstrauisch. „Wohin gehst du denn spazieren?"

„Ich weiß nicht, einfach nur so."

„Bei uns geht man nicht einfach nur so spazieren. Das ist nämlich kein Freizeitpark hier, sondern ein Bauernhof."

„Ich will ja nur eben hier durch", sagte Nosy unschuldig.

„Willst du etwa in die Stadt?", fragte der furchterregende Kater weiter. „Da gehören Füchse nicht hin. Geh in den Wald zurück, wo du hergekommen bist, sonst bekommst du es mit mir und meiner Bande zu tun!" Der Kater wurde noch unfreundlicher.

„Aber ich möchte doch nur …", wollte Nosy entgegr

„Jetzt verschwinde endlich!", fauchte das Tier und zeigte dem Füchslein seine Krallen.

Nosy machte kehrt und lief in den Wald zurück. Auf einen Streit mit dem Kater und seiner Bande wollte er sich lieber nicht einlassen. Es gab aber nur den Weg über den Bauernhof – oder eben unten entlang, wo die ganzen Menschen gingen. Nosy hatte keine andere Wahl – er musste warten, bis es dunkel wurde und die Menschen in ihren Häusern verschwunden waren. Erst dann konnte er weitergehen. So verbrachte er einen ganzen langweiligen Sonntag im Wald. In der Ferne konnte er ein zerfallenes Gebäude sehen, das einmal eine Kirche oder so etwas Ähnliches gewesen sein musste. Er hörte auch das Tuten einer Bahn und sah Menschen ein- und aussteigen. Die meiste Zeit aber schlief er, denn er wollte ja in der Nacht weitergehen und musste deshalb ausgeruht sein.

Die Zugfahrt

Als es dämmrig wurde und die Sonne hinter dem Horizont
verschwand, schnürte er los. Er nahm den Weg, der tagsüber
von den Menschen benutzt wurde. Die ganze Strecke führte
an einem Bach entlang, und er lief und lief und lief, bis
er plötzlich viele Häuser sah. So viele Häuser auf einmal
hatte er noch nie gesehen. Das musste eine Stadt sein. Sein
Vater hatte ihm einmal erklärt, dass in einer Stadt ganz,
ganz viele Häuser stehen, viel mehr als in einem Dorf.
Es war sehr ruhig. Die Menschen waren wohl alle in
ihren Betten, um sich von den langen Spaziergängen zu

erholen, dachte Nosy. Er wusste nicht, was er jetzt tun

sollte. Wie sollte er nur an dieser Stadt vorbeikommen?

Vorsichtig schlich er weiter. Immer wieder hörte er

Geräusche, die ihm fremd waren. Er lief an Gebäuden

mit langen Schornsteinen vorbei, in denen Licht brannte.

Aber die Gebäude sahen nicht aus, als ob jemand darin

wohnte. Einmal durchquerte er ein Gelände, auf dem

überall lange Stäbe standen, auf denen Lichter angebracht

waren, die alles ganz hell machten. Er war so aufgeregt,

dass er den Mann gar nicht sah, der nur ein paar Schritte von ihm entfernt an einem Zaun entlanglief und einen riesigen Hund an der Leine führte. Gott sei Dank hatten die beiden ihn ebenfalls nicht bemerkt. Im letzten Moment gelang es dem Fuchs, die Richtung zu ändern. Er konnte überhaupt nicht verstehen, weshalb man um diese Uhrzeit noch spazieren ging. Der Mann hätte doch den ganzen Tag über Zeit gehabt, mit seinem Hund ins Freie zu gehen. Warum war er denn nicht zu Hause wie alle anderen Menschen auch? Irgendwie waren sie nicht zu begreifen, diese Menschen. Schließlich kam er in eine Gegend, die ihm vertrauter vorkam. Hier standen Häuser, wie er sie auch aus den Dörfern kannte. Es war ganz still. Ab und zu hoppelte ein Kaninchen in einem Garten umher, und Mäuse gab es ebenfalls genug. Nosy hatte keine Ahnung, wo er war und

wie er jemals wieder aus dieser Stadt herausfinden
sollte. Ihm war aber klar, dass er weg sein musste, bevor
es hell wurde. Denn dann kamen die Menschen wieder
auf die Straße. Die Kinder mussten zur Schule, und die
Erwachsenen hatten sowieso immer irgendetwas zu tun, das
wusste Nosy aus den Erzählungen der Waldarbeiter. Wie
gut, dass er ihnen immer so aufmerksam zugehört hatte.
Er durchquerte einen kleinen Park und ging schnurstracks
auf ein Gebäude zu, das ebenfalls hell erleuchtet war
und vor dem eine Bahn stand, wie er sie tagsüber
vom Wald aus bereits hatte beobachten können. Es
war ein langer, gelber Wagen, der auf merkwürdigen
Metallschienen stand und ganz andere Geräusche
von sich gab, als zum Beispiel Autos sie machten.

Weit und breit war kein Mensch
zu sehen. Neugierig trat Nosy
näher, um das Gefährt ein wenig

genauer zu betrachten. Schließlich trug er seinen Namen nicht umsonst! Mit einem lauten „Puff!" öffnete sich plötzlich eine Tür. Der kleine Fuchs erschrak fürchterlich. Allerdings war noch immer niemand zu sehen. Die Tür hatte sich wie von selbst geöffnet. Die Verlockung war nun einfach zu groß, da einmal hineinzugehen und sich ein solches Ding, das sich auf Schienen bewegte und merkwürdige Geräusche machte, von innen zu betrachten. Er sah sich alles genau an und hüpfte auch einmal auf einen der Sitze. Die waren herrlich bequem. Hier hätte er gerne ein paar Stunden geschlafen, aber diesen Luxus konnte er sich nicht erlauben. Er erinnerte sich wieder an den eigentlichen Grund seines Hierseins: Er musste raus aus dem Zug, musste weiter, musste die Stadt so schnell wie möglich verlassen. Aber das war jetzt nicht mehr möglich. Vor lauter Neugierde hatte er nämlich nicht bemerkt, wie die

Tür, durch die er eben in den Wagen gelangt war, sich wieder geschlossen hatte. Nosy begriff sofort, dass er gefangen war! Aufgeregt rannte er mehrere Male auf und ab, bis er sich schließlich geschlagen gab. Gerade hatte er es sich dann doch auf einem der Sitze bequem gemacht, da setzte sich der Wagen mit einem so kräftigen Ruck in Bewegung, dass der kleine Fuchs auf den Boden geworfen wurde. Der Zug wurde immer schneller. Er fuhr und fuhr und fuhr. ‚Irgendwann muss er anhalten, er kann ja nicht ewig weiterfahren‘, tröstete sich Nosy, aber sicher war er sich nicht, denn schließlich hatte er keine Erfahrung mit dem Zugfahren.

Wenige Minuten später aber war es dann soweit. Der Zug hielt an, und kurz darauf öffnete sich auch wieder die Tür. Herein kam ein Mann, der eine Tasche in der einen Hand hielt und eine Zeitung in der anderen.

Nosys Herz klopfte so heftig wie noch nie zuvor. Er
hatte schreckliche Angst, entdeckt zu werden.
Zum Glück suchte sich der Mann einen Platz am anderen
Ende des Wagens. Das Füchslein überlegte nicht lange.
Es rannte so schnell es konnte aus dem Zug, überquerte
eine Straße, die um diese Uhrzeit nicht sehr befahren war,
und machte erst nach einigen Minuten Halt, um Luft
zu holen. Das war gerade noch einmal gut gegangen.

Fremde Tiere

Jetzt brauchte er dringend eine Pause. Nosy setzte sich auf eine Mauer und sah sich um. Obwohl er weit gefahren war, befand er sich noch immer in der Stadt. Vielleicht war dies aber auch bereits eine andere Stadt, denn alles erschien ihm hier noch viel größer. Nach wie vor war es dunkel, aber er wusste, dass die Nacht bald vorüber sein musste. Schließlich war er schon seit Stunden unterwegs. Während er so vor sich hin überlegte, stieg plötzlich ein strenger Geruch in seine Nase. Es war der Geruch von Tieren. Wo sollten hier aber Tiere sein, fragte sich Nosy. Weit und breit gab es doch keinen Wald und auch keinen Bauernhof. Dann hörte er Geräusche. Es waren Vogelstimmen. Der kleine Fuchs drehte sich um. Vor ihm erstreckte sich ein riesiger Park. Dort mussten die Tiere leben, die er mit seiner Nase riechen konnte. Er hüpfte von der Mauer auf die andere

Seite und stand mitten in dem Park. Dann lief er los.
Tiere sah er nicht, wahrscheinlich schliefen sie noch
alle tief und fest. Aus einem großen Gebäude kam eine
Frau, die ein merkwürdiges Ding vor sich her schob,
das bis an den Rand mit so etwas Ähnlichem wie Gras
gefüllt war, nur viel trockener aussah. Die Frau ließ
die Tür offen stehen, und natürlich ließ Nosy es sich
nicht nehmen, einen Blick dahinter zu werfen.

Was er drinnen sah, war das Eigenartigste, das er jemals
zu Gesicht bekommen hatte. Da standen drei Tiere, die
so riesig waren, dass sogar die Menschen sich wie Zwerge
neben ihnen vorkommen mussten. Allein ihre Hälse waren
unglaublich lang, ganz zu schweigen von den langen,
dürren Beinen. Die drei Riesen starrten ihn ungläubig an.

„Was bist du denn für einer?", fragte der Größte.

„Ich? Ich heiße Nosy und habe mich verlaufen."

„Bist du das, was die Menschen einen Hund nennen?"

„Nein, ich bin ein Fuchs."

„Hm, nie gehört von so einem Tier.
Lebst du auch hier bei uns?"

„Nein, ich lebe im Wald", antwortete Nosy.

„Im Wald? Was ist das denn?", wollten die
Tiere mit den langen Hälsen wissen.

„Im Wald gibt es ganz viele Bäume", erklärte der kleine

Fuchs. Dann fragte er: „Wohnt ihr immer hier?"

„Na klar, wo sollen wir denn sonst wohnen?"

„Wie heißt denn dieser Ort?", fragte Nosy interessiert.

„Das ist ein Zoo, das weiß doch jeder."

Der kleine Fuchs fragte nicht weiter, denn das alles kam ihm sehr seltsam vor. Er verabschiedete sich und trat wieder hinaus ins Freie. Gleich neben den Langhälsen sah er ein Wasserbecken. Wahrscheinlich schwimmen da Fische drin, so wie in den Bächen die Forellen, dachte Nosy. Er wollte gerade daran vorbeilaufen, da sah er, wie zwei kleine schwarze Äuglein ihn aus einem schwarzen Köpfchen heraus anblickten.

„Hallo", sagte Nosy etwas verdutzt.

„Hallo", antwortete das Wassertier

und tauchte unter.
Er wartete noch eine kleine
Weile, aber als es nicht
mehr auftauchte, machte
er sich wieder auf den Weg.
Dabei fiel ihm auf, dass
die Tiere hier alle hinter
Zäunen oder Glasscheiben
lebten. Ein wirklich
merkwürdiger Ort war das.
Mittlerweile war es hell
geworden. Nosy musste
jetzt besonders vorsichtig

sein. Er lief an Käfigen vorbei, die mit dicken Gitterstäben
versehen waren. Hier lebten bestimmt ganz gefährliche
Tiere. An einem anderen Gebäude stand erneut eine Tür

offen. Auch hier spazierte der neugierige Fuchs hinein.
Drinnen standen große Tiere, die sehr dick waren
und eine ganz lange Nase hatten, die sie hin und
her bewegen konnten wie Nosy seinen Schwanz.
Sie waren gerade dabei, das trockene Gras zu
fressen, das er vorhin schon bei den Tieren
mit den langen Hälsen gesehen hatte. Da
wollte er nicht weiter stören, denn beim
Fressen hatte auch er am liebsten seine Ruhe.
Er rannte einige Zeit durch den Park und sah
noch allerlei andere merkwürdig aussehende
Tiere. Doch wahrscheinlich sah er für die ebenso
merkwürdig aus. Schließlich fand er einen Ausgang
und gelangte an eine Straße, auf der nichts zu sehen

war als Autos. Autos, wohin er blickte. Er musste wirklich in einer sehr, sehr großen Stadt sein. Vorsichtig schnürte er weiter. Viele Stunden war er so unterwegs, ohne weit voranzukommen, denn er musste sich auf seinem Weg immer wieder verstecken, um nicht entdeckt zu werden.

Neue Hoffnung

Nosy lief jetzt schon seit einiger Zeit an einem Bach
entlang, der durch einen weiteren großen Park floss.
Ab und zu rannten Menschen an ihm vorbei, die ganz
furchtbar schwitzten und keuchten. Er fragte sich, warum
die so etwas machten. Irgendwie sah das komisch aus.
Er lief weiter und weiter. Schließlich fand er einen Weg, der
ihn wieder in den Wald führte. Nosy erkannte wohl, dass
es nicht sein Wald war, aber immerhin war es ein Wald.
Hier fühlte er sich allemal wohler als in der Stadt mit den
vielen Autos. Kein Mensch war weit und breit zu sehen, aber
auch wenige Tiere. Er beschloss, die Wege zu verlassen und

mitten durch das Unterholz zu laufen. Vielleicht stieß er dort auf jemanden, der ihm sagen konnte, wo er sich befand.

Die ersten, die er traf, waren Igel. Er erzählte ihnen von seiner beschwerlichen Reise und vor allem von dem Grund dafür. Dann fragte er, ob sie ihm sagen konnten, wie er wieder in den Bergwald, seinen Heimatwald, zurückfand. „Nein, leider nicht", sagte der Anführer der Igel. „Aber vielleicht kann dir der alte Fuchs helfen. Möglicherweise weiß er sogar etwas von deinen Eltern und Geschwistern." „Und wo finde ich den alten

Fuchs?"

„Komm, wir
bringen dich zu ihm."
Die Igel tippelten los und Nosy
folgte ihnen. Bereits nach wenigen
Minuten hielten sie an.
„Alter Fuchs, bist du da? Hier ist
Besuch für dich", rief der Anführer.
Etwas verschlafen kam kurz darauf
ein Fuchs aus seinem Bau gekrochen.
„Wer will mich denn besuchen?",
fragte er verwundert.
„Dieses junge Füchslein hier ist auf der
Suche nach seinen Eltern und Geschwistern.
Außerdem sucht er den Weg zurück zum

Bergwald. Kannst du ihm vielleicht helfen?"

Der alte Fuchs sah Nosy an. Dann sagte er in freundlichem Ton: „Na, dann komm mal herein."

Das Füchslein bedankte sich bei den Igeln für ihre Hilfe, dann kroch es in den warmen Bau. Er erzählte dem alten Fuchs seine ganze Geschichte. Dieser hörte aufmerksam zu und gab anschließend seinem hungrigen Artgenossen etwas zu fressen. „Vielleicht kann ich dir wirklich helfen", meinte der Alte. „Vor etwa einer Woche nämlich erzählte mir mein Sohn von einer Fuchsfamilie, die auf der Flucht vor Jägern ihren Heimatwald verlassen hat und seitdem durch die Gegend streunt. Mehr weiß ich nicht, aber bestimmt hat mein Sohn weitere Informationen. Er kommt viel herum. Doch schlaf dich erst einmal aus, du bist ja völlig übermüdet. Auf ein paar Stunden mehr oder weniger kommt es nun auch nicht mehr an. In der Zwischenzeit laufe ich zu meinem Sohn und

versuche, etwas über deine Familie in Erfahrung zu bringen.
Um diese Zeit müsste er eigentlich in seinem Bau sein."
Nosy war so aufgeregt, dass er jetzt nicht schlafen wollte. Aber
der alte Fuchs hatte Recht, denn er war tatsächlich sehr müde.
So dauerte es auch nicht lange, bis er fest eingeschlafen war.
Als er aufwachte, wurde es gerade hell. Der alte
Fuchs lag neben ihm und schnarchte friedlich. Also
machte Nosy ebenfalls noch einmal die Augen zu.
Erst einige Stunden später wachte er wieder auf. Jetzt
saß der alte Fuchs neben ihm und lächelte ihn an.
„Na, mein Kleiner, gut geschlafen?", fragte er.

„Und wie", antwortete Nosy.
„Jetzt frühstücken wir erst einmal.
Dabei kann ich dir erzählen, was
ich herausgefunden habe."
Nosy platzte beinahe vor Neugierde.

„Hast du deinen Sohn getroffen? Kennt er meine Familie? Weiß er, wo sie sind?", wollte er sofort wissen.

„Nicht so hastig", antwortete der alte Fuchs gelassen. „Immer der Reihe nach." Als er sein Frühstück verschlungen hatte, begann er schließlich zu erzählen: „Mein Sohn hat mir berichtet, dass deine Familie ein paar Tage lang ganz hier in

der Nähe Unterschlupf gefunden hatte. Sie haben jedem verzweifelt von ihrem abhanden gekommenen Sprössling Nosy erzählt, der vermutlich noch im Bergwald herumirrt. Offenbar waren sie sogar einmal zurückgekehrt, um dich zu suchen, aber der Bau war verlassen. Schließlich sind sie weitergezogen. Mein Sohn sagt, dass sie erst einmal bei Verwandten unterkommen wollten. Allerdings wohnen

die ein ganzes Stück weg von hier. Zu Fuß würden wir
vermutlich einige Tage benötigen, um dorthin zu kommen."
„Einige Tage?", rief Nosy entsetzt. „Aber vielleicht
sind sie dann ja schon wieder weg."
Sein alter Freund erkannte sofort, wie verzweifelt Nosy
war. „Jetzt mach´ dir mal keine Sorgen. Ich wollte auf
meine alten Tage eigentlich keine großen Abenteuer mehr
durchleben, aber natürlich helfe ich dir, deine Familie zu

finden. Ich war früher häufig unterwegs und kenne noch so ein paar Reisetricks. Ich schlage vor, wir gehen erst einmal in Richtung Autobahn. Dort gibt es Rastplätze. Das sind Orte, an denen sich die Autofahrer ausruhen können, wenn sie vom vielen Autofahren müde geworden sind. Diese Rastplätze liegen meist direkt am Wald. Wir müssen also nur auf eine günstige Gelegenheit warten und dann auf ein Auto aufspringen, das uns ein Stück mitnimmt."

Nosy schaute ungläubig. „Aber wie soll das denn gehen? Die Autofahrer würden uns doch sofort bemerken. So groß sind Autos ja nicht."

„Ich rede auch nicht von gewöhnlichen Autos. Ich meine Lastwagen. Das sind ganz große Autos, die einen Anhänger haben. In diesen Anhängern werden ganz verschiedene Dinge transportiert. Das Gute ist, dass in den Anhängern keine Menschen sitzen. Also können wir ungestört mitfahren. Wenn der Lastwagen dann wieder irgendwo hält, springen wir einfach ab."

„Aber was ist, wenn der Lastwagen nicht anhält und viel weiter fährt als wir wollen? Wir können doch von diesen schnellen Autos nicht einfach abspringen."

„Du bist ein kluges Kerlchen, das muss ich schon sagen." Der alte Fuchs lächelte Nosy liebevoll an. „Da hast du natürlich Recht. Deshalb müssen wir versuchen herauszufinden, wo der Fahrer hin möchte. Das aber geht nur, indem wir die Gespräche der Fahrer belauschen, wenn sie sich auf dem Rastplatz unterhalten. Möglicherweise brauchen wir ziemlich viel Geduld, aber das ist allemal besser, als die ganze Strecke zu Fuß zurückzulegen. Zumal wir viele Dörfer passieren müssten, was, wie du bereits weißt, immer sehr gefährlich ist. Also, lass uns gehen. Ich kenne einen guten Rastplatz ganz in der Nähe. Hoffentlich haben wir Glück."

Eine abenteuerliche Weiterfahrt

Nach etwa einer Stunde waren sie an dem Rastplatz angekommen. Jetzt begann das Warten. Es hielten zwar jede Menge kleine Autos an, aber nur ganz wenige Lastwagen. Und wenn einmal einer hielt, stieg der Fahrer meist nur aus, um sich ein wenig die Füße zu vertreten oder eine Kleinigkeit zu essen. Ein Gespräch zwischen den Fahrern kam überhaupt nicht zustande. Somit konnten Nosy und sein neuer Freund auch nichts über das Ziel der Fahrten in Erfahrung bringen. Endlos scheinende Stunden gingen vorüber, und Nosy verlor allmählich die Geduld.

„Komm, lass uns weiterziehen, hier werden wir kein Glück haben",

sagte er missmutig. „Doch, doch, das klappt schon noch“,
erwiderte der alte Fuchs aufmunternd, aber in Wirklichkeit
schwand auch seine Hoffnung mehr und mehr.

Als es dunkel wurde schlug er schließlich vor, zurück
zu seinem Bau zu gehen und es am nächsten Tag noch
einmal zu versuchen. Nosy hätte gerne protestiert, aber
er war zu müde und willigte ein, ohne zu murren.

Die beiden waren gerade dabei, aus ihrem Versteck
hinter einer Hecke in den Wald zurückzukehren, als zwei
Lastwagen gleichzeitig am Rastplatz ankamen. Die Fahrer
schienen sich zu kennen, denn sie begrüßten sich herzlich.

„Na, wie weit musst du noch?“, fragte der eine.

„Nicht mehr so weit, mir reicht es auch für
heute. Nur noch bis Bad Wimpfen.“

„Hast du es gut. Ich muss noch eine ganze Ecke weiter.“

Als der alte Fuchs Bad Wimpfen hörte, sprang er vor Freude

fast in die Luft. Genau dorthin hatte Nosys Familie gewollt, weil die Verwandten in dieser Gegend zu Hause waren.

„Das ist unsere Fahrt, Nosy", rief er ganz aufgeregt. „Wir müssen irgendwie auf diesen Lastwagen aufspringen. Komm, lass uns nach einer Möglichkeit suchen."

Die beiden Fahrer unterhielten sich angeregt miteinander. Sie waren so in ihr Gespräch vertieft, dass es für die Füchse ein Leichtes war, sich den Fahrzeugen zu nähern. Sie schlichen mehrfach um den Anhänger des Lastwagens mit Ziel Bad Wimpfen, fanden aber keine Stelle, die es ihnen ermöglicht hätte, aufzuspringen und in dem Fahrzeug zu verschwinden. Nosy schaute den alten Fuchs verzweifelt an, und seine Hoffnung wurde nicht größer, als er in dessen ratloses Gesicht blickte.

„Was sollen wir jetzt tun?", fragte er verzagt.

„Ich weiß es auch nicht, Nosy. Aber warten wir

einfach einmal ab."

Weil sie nichts Besseres zu tun hatten,

lauschten sie wieder dem Gespräch der beiden Fahrer.

„Was hast du denn geladen?"

„Jede Menge Möbel, sind schöne Stücke dabei.

Sehr edel. Möchtest du sie sehen?"

„Klar doch."

Die Möbel befanden sich in dem Anhänger, der die Füchse nach Bad Wimpfen bringen sollte. Der Fahrer öffnete die Plane, damit sein Kollege einen Blick hineinwerfen konnte.

„Donnerwetter, das ist ja eine wirklich besondere Fracht. Na, dann bring die mal heil ans Ziel."

„Mach´ ich. Und ich muss dann auch wieder los. Ist zwar nicht mehr weit, aber ich kann den Feierabend kaum noch abwarten."

Er schnürte die Plane wieder zu, ließ dabei jedoch einen kleinen Schlitz offen. Der alte Fuchs erkannte das sofort.

„Nosy", triumphierte er, „dieser Schlitz müsste gerade groß genug für uns sein. Komm, lass es uns versuchen."

Sie warteten, bis beide Fahrer in ihren Kabinen verschwunden waren, dann setzten sie zum Sprung an.

„Zuerst du, Nosy."

Der kleine Fuchs benötigte zwei Anläufe, aber dann klappte es.

Sein erfahrener Begleiter landete auf Anhieb in dem Anhänger.

„So viel Sportlichkeit hätte ich dir gar nicht zugetraut", sagte Nosy mit einem Augenzwinkern.

„Jetzt werd´ bloß nicht frech", entgegnete der neue Freund lachend.

Sie machten es sich auf einem Sofa gemütlich, das mit einer Plastikplane abgedeckt war. Das Motorengeräusch und ein leichtes Schaukeln sorgten dafür, dass Nosy binnen weniger Minuten eingeschlafen war. Der alte Fuchs hätte auch sehr gerne geschlafen, allerdings konnte er das nicht riskieren, denn er wollte auf keinen Fall an der Abladestelle entdeckt werden. Sobald sie am Ziel waren, mussten sie unbemerkt entkommen.

Nach einiger Zeit merkte er, wie der Fahrer die Fahrt verlangsamte und mehrfach um Kurven oder Ecken fuhr. Schließlich hielt er an.

Am Ziel

Sofort weckte er Nosy.

„Wir müssen raus!", flüsterte er.

Das Füchslein war

schlagartig wach, als ob es überhaupt nicht geschlafen,

sondern nur auf diesen Moment gewartet hätte.

Der alte Fuchs spähte durch den Schlitz.

„Alles klar, ich glaube, wir können es riskieren. Ich

zähle bis drei, dann springst du. Eins, zwei, drei …!"

Nosy landete mit einem gewaltigen Satz auf

dem Asphalt. Dann sprang sein Begleiter.

„He, das darf doch wohl nicht wahr sein. Was

ist das denn?" Ein Mann, der auf den Anhänger

zukam, hatte die beiden entdeckt.

„Was ist denn los, was haben Sie denn?", fragte der

Fahrer, der mittlerweile dazugekommen war."

„Da sind gerade zwei Füchse aus Ihrem Anhänger gesprungen", sagte der Mann verwirrt.

„Ja, ja, und gleich kommt eine Herde weißer Mäuse hinterher", entgegnete der Fahrer spöttisch, denn offenbar glaubte er dem Mann nicht.

Vom weiteren Gesprächsverlauf bekamen die beiden Füchse nichts mehr mit. Sie rannten so schnell sie konnten, um sich irgendwo in Sicherheit zu bringen. Hinter einer Hecke fanden sie schließlich Schutz.

„Das ist ja gerade noch einmal gut gegangen", keuchte Nosy.

„Kann man wohl sagen. Ich hätte wirklich nicht gedacht, dass ich mich noch einmal auf ein solches Abenteuer einlasse", pflichtete ihm der alte Fuchs bei.

„Und, wie geht es jetzt weiter?", fragte Nosy ungeduldig.

„Ich schätze, es geht heute überhaupt nicht mehr weiter. Es ist zu spät. Das hier ist doch ein ganz gemütliches Plätzchen, und sicher scheint es auch zu sein. Lass uns die Nacht über hier bleiben. Morgen sehen wir dann weiter."

Nosy sah ein, dass das wirklich das Beste war.

Die beiden legten sich an Ort und Stelle hin und waren im Handumdrehen eingeschlafen.

Am nächsten Morgen wurden sie von den ersten Sonnenstrahlen geweckt.

„Guten Morgen. Na, gut geschlafen?", fragte der alte Fuchs.

„Prächtig, wenn auch viel zu kurz",

antwortete Nosy. „Aber schlafen kann ich noch lange genug, jetzt will ich erst einmal meine Familie finden. Ich kann es gar nicht mehr abwarten. Hast du eine Idee, wo wir weitersuchen können?"

„Schau mal, da vorne ist ein Wald, und wo ein Wald ist, da finden sich auch Tiere, die uns vielleicht helfen können. Komm, gehen wir los."

Und tatsächlich mussten sie nicht lange marschieren, bis sie den ersten Waldbewohnern begegneten. Es waren zwei Rehe, die ihnen stolzen Schrittes entgegenkamen.

„Nanu, euch haben wir hier aber noch nie gesehen. Seid ihr neu in diesem Wald?", fragten sie.

„Ja. Wir suchen meine Familie, die hier in der Gegend bei Verwandten Unterschlupf gefunden haben soll. Habt ihr Füchse gesehen? Wisst ihr vielleicht, wo sie sind?", sprudelte es aus Nosy heraus.

„Hm, lass mich überlegen“, sagte eines der beiden Rehe. „Da gibt es eine Fuchsfamilie, die schon seit Jahren hier lebt. Das ist eigentlich auch die einzige Fuchsfamilie im Wald.“

„Und wo finden wir die?“, fragte der alte Fuchs.

„Immer geradeaus und dann einfach der Nase nach“, antworteten die Rehe wie aus einem Mund.

„Vielen Dank!“, rief Nosy und war bereits einige Meter weitergelaufen.

Sie mussten nicht weit gehen, als sie Witterung aufnahmen.

„Ich kann Füchse riechen“, sagte der alte Fuchs.

„Ich auch“, jubelte Nosy. „Komm, weiter.“

Kurz darauf sahen sie den Bau. Es war zwar niemand zu Hause, aber es war offensichtlich, dass hier noch Füchse lebten.

„Ich schlage vor, wir warten. Die kommen bestimmt bald wieder. Es ist so kalt heute, da bleibt man nicht lange weg.“

Sie krochen in den Bau, denn dort war es wesentlich wärmer als im Freien. Nosys Aufregung wurde immer größer, so groß, dass er gar nicht richtig zuhörte, als sein Freund ihm spannende Geschichten erzählte, um ihn auf andere Gedanken zu bringen. Sie warteten einige Stunden in dem Fuchsbau, ohne dass sich etwas tat, als sie plötzlich Schritte hörten.

„Mami! Papi!" Nosy stürmte aus dem Bau.

In einigen Metern Entfernung sah er sie — seine Mutter, seinen Vater, seine Geschwister und die Verwandten.

„Nosy!", riefen sie alle wie aus einem Munde.

Sie rannten aufeinander zu und umarmten sich. Die Freude war riesengroß.

Keiner nahm Notiz von dem alten Fuchs, der in einiger Entfernung stand und dem Spektakel amüsiert zuschaute. Nosys Vater bemerkte ihn als Erster.

„Willst du uns nicht deinen Freund vorstellen?", fragte er.
„Doch, natürlich! Wenn er nicht gewesen wäre,
hätte ich euch vielleicht nie mehr gefunden."
Nosy, seine Eltern, seine Geschwister, die Verwandten und
der alte Fuchs saßen an diesem Abend noch lange zusammen,
denn sie hatten sich eine ganze Menge zu erzählen. Die Eltern
erklärten, dass die Jäger sie entdeckt hatten, sie so schnell
wie möglich fliehen mussten und deshalb nicht auf Nosy
hatten warten können. Der kleine Fuchs berichtete von all
seinen Erlebnissen während der Reise. Die Worte sprudelten
nur so aus ihm heraus. Er erzählte und erzählte und erzählte
und erzählte. Schließlich schlief er erschöpft ein ...

... und träumte von neuen Abenteuern.

Markus Dehm, geboren 1966 in Karlsruhe, ist Journalist.
Er schreibt für mehrere Zeitschriften. 2005 erschien
sein Roman „Weltensprünge". Mit „Nosy" stellt er nun
sein erstes Kinderbuch vor.

Imke Staats, geboren 1966, lebt in Hamburg,
ist Illustratorin und hat - neben neugierigen
Füchsen - eine Vorliebe für Musiker-Zeichnungen.
www.imke-staats.de

Grafische Gestaltung: Martina Drignat – www.taubenstrasse.de

1. Auflage 2011

© 2011 bei Karoline Kinderbuch
im Verlag Edition Bad Wimpfen
Salzgasse 3, 74206 Bad Wimpfen
www.verlagedition-badwimpfen.de
Alle Rechte vorbehalten
ISBN 978-3-9814691-1-0

Die Deutsche Bibliothek verzeichnet
diese Publikation in der deutschen Nationalbibliographie.
Detaillierte Daten sind im Internet unter
http://dnb.ddb.de
abrufbar.